川柳句集

里々子

新貝里々子

Shinkai Ririko

Ririko-Senryu-Collection

新葉館出版

素晴らしき里々子ワールド

新貝里々子さんとの出会いはもう二十年以上前、僕がまだ二十代だった頃だと思う。当時の「川柳吟社ふくろい」（現在の麦）は鈴木みのる主幹を始め、中村千絵さん、松川多賀男さん、高橋春江さんなど錚々たる達吟家がいて、その中でも新貝里々子さんは容姿才能ともにひときわ輝く存在であった。森青蘭さんや山田迷泡さんが「里々子、里々子」と騒いでいたのを覚えている。

その活躍と知名度は静岡県内だけに留まらず、日本を代表する川柳結社「ふあうすと」でも活躍していて、私も県外の川柳大会に行くとよく「静岡県には新貝里々子さんがいるね」と言われたものである。私にとっては超ベテラン、高嶺の花のような存在の里々子さんであるが、今回が処女句集だと聞いて正直驚いている。長年温めた作品の数々はキラキラと輝きを放ち、読む者を魅了する。そんな宝石箱のような句の数々に触れてみよう。

里々子さんは「赤」がとても似合う人。真っ赤な洋服は着る人によっては嫌味な派手さになってしまうものであるが、里々子さんは見事なエレガントさで着こなす。句の中にも赤をモチーフとした情熱的な作品が目立つ。

マニキュアの掌が翔びたがる翔びたがる

好きだよと夕陽のかけら渡される

こころまで老いたりはせぬルージュは朱

赤は里々子さんのテーマカラーかと思っていたが、実は内面の弱さを他人にみせまいとする気丈なスタイルであることが作品の中から窺えたりもする。

彼岸花真っ赤　淋しいから真っ赤

終章は真っ赤なバラで大輪で

また女性ならではのロマンチックな視点や切ない句も多く、忘れかけていた胸中の熱いものを感じた。

雨あがる傘もわたしも忘れられ

まさかわたしが孤独に過ごすクリスマス

断ち切った恋にさざ波だけ残る

ちらっと悪女っぽい一面もあり、ここも里々子さんの魅力。

しし鍋は煮えたおとこは煮え切らず

好きだ好きだと男を騙す発泡酒

さようならわたしも飽きてきたところ

ユーモアセンスも抜群で思わず笑ってしまう作品も数多ある。恋の句に関してもそうだが、家庭円満であるからこそ、こういった句が詠めるのだと思う。休日のたびにあちらこちらへ翔ぶ妻を見守る優しい御主人がいてこその「里々子ワールド」なのだろう。

遊んだあとの妙に元気なちりはたき

ユニクロに着替え現実へと戻る

胡散臭い神だな　金のことを言う

至近距離要らぬお世話の輪ゴム飛ぶ

最後にさすがベテランだなと思う前向きな素晴らしい作品をピックアップして締め括ろう。まだまだ紹介したい句がたくさんあるが、全部見せてしまっては皆さんがページを捲る楽しみが減ってしまう。

アクティブに生きよう空が晴れてきた

青空にさあ腕まくり腕まくり

里々子さん。これからも真っ赤なバラを咲かせ続けて川柳界に咲き誇ってください。そして、ずっとずっと一緒に楽しみましょう。句集発刊を心からお祝い申し上げます。

静岡たかね川柳会代表　**加藤　鰹**

川柳句集

里々子

題　字／竹山恵一郎
カット／池口　真里

アイライン入れたら虹を見にゆこう

ひらひらと舞うから蝶は責められる

愛された掌にクリームをたっぷりと

善良な市民で第九歌ってる
雑草も咲かせてみれば花のかたち
護岸工事に魚も棲めぬわたしも棲めぬ

さくらさくらふりまわされてさくらさくら

桜さくら媚びているのはわたしです

花吹雪　いくたび泣いて別れたか

遠浅の海でおんなは慣らされる
虚しさは線香花火の落ちたあと
肩に荷があるからしゃんと立っている

幸運はあなたに逢えたことでした

酒の肴買いにからから男下駄

定年の夫のシャツの糊おとす

花を買う男を妬む　女を妬む
二人分の箸が素直に洗えない
よく映る鏡が図星衝いてくる

愛の恋のと虚しさ知った今も言う
活き活きと男の部屋にバラがある
終章は真っ赤なバラで大輪で

見つめたい見つめられない瞳に出逢う
小菊いっぱい備前の壷にこの胸に
花の季に花の微笑に逢いに行く

黄昏の海で撒き餌が多くなる

断ち切った恋にさざ波だけ残る

無花果よやり直したい恋がある

啓蟄のわたしを起こすのはあなた
厨房に口笛がある男のカレー
よく切れる包丁並ぶ男の料理

その先は堕ちるしかない実は真っ赤

南瓜ほっこり昔を偲ぶ歳となる

虚しさはないかと言えば嘘になる

前向きに生きていつでも今が旬
御身大事にもう齧れない草加せんべい
吊るされる鮟鱇の身の前世など

夢追いの旅の序曲はポロネーズ

滾るもの拾い集めてラ・クンパルシータ

カンツォーネ恋は苦しいまま終る

念ずればあなたにとどくあみだくじ

会者定離　川の流れはそのままに

藍を着て藍より強き自己主張

六月の緑にわっと責められる

フェロモンを放つおとこがまうしろに

缶コーヒーすこうし冷めた距離で飲み

しし鍋は煮えたおとこは煮え切らず
戦さ終わった夫の背なの棘を抜く
凭れたい大樹も少し老いてきた

ヘップバーンの細さと若き日への距離

黄昏が急かす十年パスポート

トップライト浴びるとしゃんとするピエロ

耳鳴りを通過してくる救急車
レントゲンにわたしの脆さあぶり出す
尿瓶上手に使って人間を捨てる

ひと枝の桜はやさし夫はやさし

夫の背よドミノ倒しに遭わぬよう

夕焼けを撮りに夫は行ったきり

脱皮して春には蝶になるつもり

ポリシーがかすんでいます雨後その後

乱れ髪梳いて羽化する鬼やんま

鬼だって花束が欲しラブが欲し

軽いジャブで恋の言葉を投げ返す

胸に棲むギンギラギンのプレスリー

咲いて散るうすずみいろの誕生日
老鳥が運ぶスープの冷めぬ距離
廻さねば皿は落ちるし壊れるし

その声に今日一日が満たされる

母さんに止まり木が欲し風が欲し

いそいそと桜の花の真ん中へ

豊かさはペンフレンドのいる暮らし
エンピツを削るやさしいナイフです
ページ繰れば今もさざ波立ちそうな

踊りませんか青春の靴履いてます

日傘くるくる逢いに行ってもいいですか

ドレスアップして残り火をかき寄せる

揺り椅子は遠い記憶の中で揺れ
花占い夢見る頃はとうに過ぎ
夢は夢まずは明日の米を研ぐ

迂闊でした躓いたのは凪の海

うろたえたあなたとここで手を離す

母さんが寝込むことなど予定外

心地良い毒かもしれぬアイラブユー

万華鏡おとこは限りなくやさし

贅沢な時間ドミンゴひとり占め

浮雲と遊んだことはまだ内緒

弾みたい尻尾カルテに掴まれる

病み上がり軽い散歩のポストまで

取り扱い注意歯こぼればかりして
妻伏しておとこがつくるたまごとじ
鮮度落ちて言い訳ばかり上手くなる

青春彷徨いくつたまごを割ったのか

あの日をさがす風の匂いと陽の匂い

拝啓　背中のメッキ剥げてます

反故にした指切りいくつ吹き溜まる

待つだけの老母を待たせている日暮れ

ひっそりと老母のソファーの沈み跡

耳栓の耳に淋しさ押し寄せる

白寿なり哀滲ませている項

老母の手の尖り行く先散華あり

誘蛾灯おとこはいつも淋しがり
ジャンプ傘開くおんなの守備範囲
消えそうな愛にさよなら先に言う

迷い箸きみをつついてみたりして

シナリオになかったおとこ煮つめてる

風と火を紡いできたか男面

レース編みおとこも細き指を持つ
雨あがる傘もわたしも忘れられ
日々好日夫婦ふたりの乾杯で

季は巡り恋も桜も一過性

三年日記ほろほろほろとつなぎ止め

神戸元町　麻の帽子を買いました

失って知る切なさよ　歯も愛も

健康の話が好きなミルクティー

ひと粒のくすり祈りの如く飲み

ポタージュはアスパラガスよ夢時間

どっこいしょ　みんなおんなじクラス会

財産と思う友ありよく笑う

好きだ好きだと男を騙す発泡酒

衰えをかくす助走をくり返し

ロックンロール踊った腰もくたびれた

残高のページに吐息閉じ込める

咲いたらおしまいチューリップも春も

病棟の兄も桜も散りました

風景に君を入れると春になる

のど飴をどうぞ恋とは遠い距離

恋からは遠くひとりのカプチーノ

修羅吐いて吐いて絡まるくもの糸

マニキュアの掌が翔びたがる翔びたがる

前世はキリンか遠くばかり見て

あなたの側でいつからおんなを捨てたのか
洗っては干して女の四季が過ぎ
倦怠期　皿一枚の置きどころ

淋しくて触覚あなたあなたへと

十字架を踏んだ苦悩の跡がある

懺悔などするから過去に縛られる

遊んだあとの妙に元気なちりはたき

戦争を観てる茶の間のおせんべい

至近距離要らぬお世話の輪ゴム飛ぶ

石どけて下さい恋が通ります

カサブランカ整形美人かと思う

美女願望化粧が長い紅が濃い

ゆるやかに春を登ってゆく音符
のたりのたりとわたしの海のなまけ癖
おしゃれ工房眉のかたちが決まらない

花野残照老い切れぬ身に朱を纏い

形状記憶老母のかたちになっていく

音たてて白木蓮の地に果てる

乾燥機にかける愚痴っぽいノート
さようならわたしも飽きてきたところ
色褪せたあの日を粗大ゴミに出す

君の声まさにみどりのシャワーだな

余熱あるうちに跳びましょ春はそこ

好きだよと夕陽のかけら渡される

ふつふつと平常心が煮えたぎる
春と書きほろ苦きもの噛み砕き
昼の月わたしの吐息かもしれぬ

大ジョッキ女を縛るものは無し

どいてくださいもうあとがないのです

翔ぶためよほら新しい風ふわり

翔ぶための羽根をカタログショッピング
風に逢う　まだたてがみのあるうちに
木の床が嘆くだろうなささっとモップ

いい汗だ　人間の貌とりもどす

シャッター街みんな必死に生きている

ポケットの小石は捨てた　青い空

行動派とろけるチーズ身に纏い

ぺんぺん草お前の愚痴は聞き飽きた

ゴマ豆腐おんなじ歳を庇い合い

風を追い風に追われてゆく戦さ

松江城里々子と記帳する旅路

花雫　脈打つものを抱き寄せる

恋までもいかぬあの日のソーダ水

バンドネオンふつふつふつと血が滾る

アランドロンも老いたわたしも老いた

逢えそうな気がするコーヒーの香り

カーナビが一本櫻　標的に

旨いものさがす港の旅かばん

どちらかといえば虎屋の紙袋
賞味切れになった虎屋の羊かん
賞味切れ大丈夫だと鼻が言う

洗濯機に夫の冬を放り込む

感嘆詞浴びて櫻の不眠症

安定剤のやさしさをもう手放せず

まさかわたしが孤独に過ごすクリスマス
出口間違えあなたとはそれっきり
街角でばったりなんて逢えないか

オペラグラス春野寿美礼を追いかける

降り立てば京の柳が風に揺れ

片泊まり石塀小路に灯が灯る

世界遺産こんなところで夫婦喧嘩
マイセンのお皿が嘆く不況風
フルコース団体客がなだれ込む

三月のサ行さくらの糸でんわ

フィクションの多いお話春だから

部屋中をバンドネオンにしてひと日

遠い日の流れるジャズをビタミンに
涼風に敏感末病に揺れている
さよならは嫌い　あれから不眠症

花時計待たせた頃が華だった

ライバルもしているらしいスクワット

牛乳を命令調の如く飲む

コーヒーはエスプレッソよ日暮れ坂
潮の香のごちそうサラダニース風
若鶏の香草焼は思い出添え

百八つ煩悩はまだ発芽中

身の内のときどき「馬鹿」にけつまづく

ホラまたね死後の話はあっちむいてほい

この赤にいつか別れを告げられる
キラキラと行こうクラス会の通知
カムフラージュのスカーフはどこ紅はどこ

本日のキッシュ路地裏探訪記

ボジョレヌーボー踊る準備は出来ている

ボジョレヌーボー甲州産がお気に入り

彼岸花真っ赤　淋しいから真っ赤

断捨離の衣にふっと亡母の影

命とは簡単に死者二万人

加湿器に頼るお肌も淋しさも

飲み会で埋める愉快なカレンダー

ユニクロに着替え現実へと戻る

サスペンスわたしの背骨折れました

ナースにも京都病あり盛りあがる

リハビリの杖持つ影が湿りがち

春キャベツザクザク美女になるつもり

君の名を呼んだ気がして目が覚める

家中をマーマレードにして煮込む

はらりはらりとわたしの春はいびつ
アイシャドー替えカスピ海ヨーグルト
絆とはなんと素敵なありがたい

小魚を煮ればひょっこり亡父の影

そうめんの酢味噌の味は亡母さんだ

中華丼大盛り亡兄の高笑い

息切れがしますスローなジャズがいい
コルセット明日へ起きるドッコイショ
ど忘れのわたしムチ打つのもわたし

こんなに青い空なのに片頭痛

過呼吸のままに夏まできてしまう

迷路から抜け出すための自由形

トマトの朱ゼブラゾーンを行き来する

昼会席　父さんだけを置いてきた

波長が合うのかなジェラートはミント

B子逝き廃線となる縄電車

たて結びどこで狂ってしまったか

出がらしになっちまったとつい嘆く

目の前で売り切れました今日の運
廃校のあの子この子も雲になる
日の丸で送った過去のある駅舎

ショッキングピンク年齢不詳のまま老いる

ひらひらと飾る自信のないわたし

こころまで老いたりはせぬルージュは朱

残すとしてもこの虚しさはなんだろう
幕引きは神だけが知る　まさか
紆余曲折　更地になった人生譜

探してた愛はひっそりこんなとこ

五欲捨て拾って今日を悔いている

明るさが妙に不自然だと案じ

アクティブに生きよう空が晴れてきた
青空にさあ腕まくり腕まくり
デジタルの鼻息アナログの吐息

フィクションの中で手足を弾ませる

つけまつ毛とればかわいい顔なのに

負けん気の強い仲間のヨーイドン

転ぶなと言う三月のカレンダー

三寒四温春は戸惑うことばかり

昼の月ふんわり横にきて座る

よく笑いよく食べた日の胃腸薬

ハイタッチ少し血の気を頂いて

くずかごに放る年寄りの冷や水

胡散臭い神だな　金のことを言う

資源ごみゴミにも明日があるらしい

お隣りと海老で鯛釣るお付き合い

極上の桜吹雪の中にいる

京懐石　花は無くてもいいんだよ

同じ歳　量より質と言うお箸

稚なさを嗤うボタンのかけちがい
年輪をエステで消して若作り
周波数合わせて今日を弾ませる

「里々子」という響き

この度の句集発刊に対し、心からお慶びとお祝いを申し上げます。ついては一文を書いて欲しいと頼まれたものの、彼女のことを原稿用紙一枚程度で語り尽くすのは至難の技であることに気付く。何故なら、そんな薄っぺらな人ではないからです。

端的に表現すると「色白の美人」「教養豊か」「自由奔放」「気働きがある」「面倒見がいい」等々まだまだ・・・。

何より名前の「里々子」という芸術的な響きがいい。

「名は体を表し」「句は体を表す」のたとえの通り、句の切り口、巧みな言葉選び、豊かな表現力、これは誰にも真似の出来ない里々子作品の特徴であり、大きな魅力となっています。じっくり、ゆっくり、この句集を味わって貰えれば、「里々子」と言う女性が浮き彫りにされると思います。

人間は老いるという宿命を背負っていて、彼女も後期高齢者の仲間入りですが心まで老いてしまった訳ではありません。

噛み切れぬ老いのひとつを丸呑みに
どっこいしょこんな呪文で動き出す

梅漬けるまだこの先があるつもり

最近こんな句がちょこちょこ顔を出すようになりました。生きている歴史の一ページを彩る記録として、これもまた善しとしましょう。

廻さねば皿は落ちるし壊れるし

もう少し若い頃の作品だと記憶していますが、数十年に亘り廻し続けて来た「人生の皿」・「川柳の皿」も廻し続けなければ皿の末期は目に見えています。

人生を端的に、しかも的確に詠み、年代を超えて読む人の心に響く一句です。これも里々子さんの代表作の一つとして今後、川柳を志す後輩たちの心の「よすが」となる事でしょう。

もう独りで我武者羅に廻す年代は過ぎています。優しい旦那さんが、娘さんが、お孫さんが、そして川柳の仲間が大勢居るじゃないですか、皆んなに手伝って貰えばいいのです。及ばずながら、私にもお手伝い出来る事がまだ有るかもしれません、その時は遠慮なく申し付けて下さい。

この先も、のんびりとマイペースで毎日を楽しんで下さい。最後に、最も里々子さんらしい一句をどうぞ。

踊りませんか青春の靴履いてます

川柳吟社麦　主幹　**松川多賀男**

あとがき

私の名は里々子(りりこ)――。

この名前はあくまでも川柳の中での名前。

川柳のお仲間に入れて頂いた時、雅号というものを知り、咄嗟に思いついた当時飼っていた犬の名前を頂いた。本名は「浅乃」。空気が抜けたような淋しい名前が気にいらなかった。

犬の「りりこ」はシュナウザーのメス犬、銀色の艶やかな毛色でちょっと勝気、十七歳まで長生きしてくれた。今は亡き「りりこ」は私の川柳の中で活き活きとしていて、作句への背中を押してくれていた様に思う。

今、「里々子」は私の名前として、すっかり馴染んでいる。

さて、その里々子も終活を考える年齢になってしまった。句集なんて要らない。残したら邪魔になるばかり、と思っていたが、ある方から素敵なノートを頂いた。それは表紙が私好みのショッキングピンクの凝ったもので、なにを書いていいのか分からぬままに机の引き出しにしまってあった。それから何年か過ぎて、ある日、そうだ、今までの私の句の中で、気に入った句だけを選び出して書いたら一冊だけの句集になる。そう思い娘に話をすると「形見に私がもらってあげる」との嬉しい返事。娘との合作で句集に私

の写真と在りし日の「りりこ」の写真を貼り付けて満足な句集が出来上がった。川柳の仲間に見せると意外に評判が良く、それが後押しとなり、はじめての句集出版となった。

川柳は性格が出ると言われるが、あまり苦労という苦労もせず、もやしのように育ってきたなと感じている。そのもやしのような私に、川柳は美味しく味付けをしてくれたのだ。

また、序文の存在も知り、全国区で活躍している加藤鰹さんにお願いのメールを送ると、すぐオーケーのお返事。私とは親子ほどの歳の差。バイタリティ溢れる鰹さんにとっても元気になる序文を頂いた。

鰹さんとは何十年のお付き合いになるのだろうか。もう、おばあさんになってしまった私に活力と若さをいつも与えてくださる鰹さんには感謝するばかり。

そして、もうひとり。私の大事なパートナーとして、現在所属している川柳吟社「麦」の主幹松川多賀男さんにはその優しさ、おおらかさに今の里々子があると改めて感謝したい。そして、大切な川柳の仲間たちへも心からありがとうの気持ちを伝えたい。

平成二十六年四月吉日

新貝里々子

【著者略歴】

新貝里々子（しんかい・りりこ）

1985年	静岡県袋井市・川柳吟社ふくろい入会（その後「麦」と改名）
1988年	ふあうすと川柳社入会
2000年	「ふあうすと賞」準賞　受賞
2001年	青森かもしか川柳　課題合点一位受賞 静岡「たかね川柳会」年間賞受賞
2002年	社会保険センター浜松・川柳教室開始 「ふあうすと賞」準賞　受賞
2003年	静岡「たかね川柳会」年間賞受賞
2005年	静岡県知事賞受賞

現在、川柳結社「麦」同人、静岡県川柳協会理事、ふあうすと川柳社理事、社会保険センター浜松・川柳教室講師など。

住所：〒437-0025　静岡県袋井市栄町8-14
電話：0538-42-2717

川柳句集　里々子

○

平成26年7月8日　初版発行

編　者

新　貝　里々子

発行人

松　岡　恭　子

発行所

新　葉　館　出　版

大阪市東成区玉津1丁目9-16 4F　〒537-0023
TEL06-4259-3777　FAX06-4259-3888
http://shinyokan.ne.jp/

印刷所

株式会社アネモネ

○

定価はカバーに表示してあります。

ISBN978-4-86044-564-5